HUMANOS RELATOS

KOTTER EDITORIAL

GABRIEL VALLE
DA COSTA FERREIRA

Coordenação Editorial: Sálvio Nienkötter
Editor-Executivo: Claudecir de Oliveira Rocha
Editores-adjuntos: Daniel Osiecki, João Lucas Dusi
Capa: Jéssica Iancoski
Design editorial: Carlos Garcia Fernandes
Produção: Cristiane Nienkötter
Revisão e preparação de originais: O Autor

Dados Internacionais de Catalogação na Publicação (CIP)
Angelica Ilacqua CRB-8/7057

Ferreira, Gabriel Valle da Costa
Humanos relatos / Gabriel Valle da Costa Ferreira. — Curitiba : Kotter Editorial, 2023.
72 p.

ISBN 978-65-5361-194-8

1. Contos brasileiros I. Título

CDD B869.3

23-1402

KOTTER EDITORIAL

Kotter Editorial Ltda.
Rua das Cerejeiras, 194
CEP: 82700-510 - Curitiba - PR
Tel. + 55(41) 3585-5161
www.kotter.com.br | contato@kotter.com.br

Feito o depósito legal
1ª Edição
2023

HUMANOS RELATOS

GABRIEL VALLE
DA COSTA FERREIRA

SUMÁRIO

Prefácio 9

O bueiro 11

Cagada 19

Companhia 25

O ladrão de memórias 29

O confronto 35

Meu filho é um coçador de costas 45

Timidez 47

O entregador 53

O translado da mesa 57

Águas de março 65

PREFÁCIO

Este livro é o resultado de um sonho que cultivo desde pequeno. A busca por se tornar escritor é uma coisa enigmática. Diferente dos objetivos de carreira mais usuais, não existe um script a ser seguido. Isso faz com que o percurso seja repleto de aflições e inseguranças. Mandei textos para inúmeros concursos e editoras e lidei com muitas frustrações para, enfim, chegar até aqui. E mesmo agora, o medo da rejeição às linhas que tirei com tanto cuidado de dentro de mim se mostra proeminente. A única coisa que me faz ter a disposição para passar por cima dessa insegurança é saber que não há outro caminho. Frente ao meu objetivo, não existe outra maneira. Uma hora ou outra eu deveria expor ao mundo estas minhas linhas tortas.

Nesse contexto, aqui contam dez contos. Uma antologia que traduz a vontade de um aspirante à escrita que procura uma identidade. Por conta disso, os textos são bem variados em suas propostas. Nada me satisfaria mais do que saber que alguém leu algum desses textos com gosto.

Obrigado.

O BUEIRO

A condução para o trabalho era um momento de reflexão. No geral, as pessoas a sua volta ficavam entretidas no celular, mas ele apenas olhava pela janela. Pensava na vida, nos amigos, na família. Gostava da sensação de ficar olhando as coisas passarem pela janela, a sensação de ser conduzido e apenas observar. Esse prazer inerte, no entanto, era seguido de uma pontada de incômodo. Por vezes, em seus devaneios, sentia a necessidade de alguma ação, alguma atitude, alguma força motriz que pudesse virar aquilo tudo de cabeça para baixo. Mas aquele assento era cruelmente confortável e a brisa que passava pela janela entreaberta do ônibus batia no seu rosto de maneira agradável, trazendo também um conformismo gostoso. Seu trabalho era tedioso, mas quando que trabalhar seria bom? Não se sentia satisfeito, não achava que fazia o suficiente. Era capaz de fazer mais, mas se sentia contente.

Foi numa dessas idas ao trabalho que começou a estranhar alguma coisa. Em alguma parte, entre o início e o meio do percurso, o homem passava por um bueiro que o deixava incomodado. Parecia que ele estava mal posicionado no asfalto da rua, que a qualquer momento poderia sair do lugar. Após passar por ele, sentia um alívio imediato. Não precisaria lidar com aquela sensação tão cedo novamente.

O problema é que aquilo foi se tornando recorrente. Sempre que estava indo ou voltando do trabalho, o homem topava com aquele bueiro que parecia estar em uma posição ligeiramente mais desconfortável do que a anterior. Havia algo de obscuro nele, alguma coisa que mexia com as entranhas do homem, e tudo ia ficando cada vez pior. Em determinado momento, se viu antecipando a agonia de passar por aquele trecho da rua. Ia dormir receando o momento em que, no dia seguinte, teria que passar pelo bueiro. Ao mesmo tempo, o alívio momentâneo de passar por ele foi se tornando cada vez mais breve e menos efetivo. Sabia que teria de vê-lo novamente. Ele não iria a lugar algum. Foi se sentindo cada vez menos contente.

O homem resolveu então ir para o trabalho de metrô. Teria que andar muito mais do que o costume, e também precisaria acordar mais cedo, pois o processo tomaria mais tempo, mas julgou que valeria a pena.

No começo, a atitude se mostrou reconfortante. O bueiro, no entanto, não saía da cabeça do homem. Mesmo não passando por ele diariamente, aquela figura insistia em se fazer lembrar em sua mente.

Certo dia, o despertador tocou, mas ele quis dormir mais um pouco. O modo soneca estava ligado, então ele desativou o alarme uma vez, duas, três, quatro, até que não pôde mais adiar a hora de se aprontar para trabalhar. De uns tempos para cá, ele tinha se sentido mais cansado. A rotina de trabalho em nada tinha mudado, mas as mesmas tarefas pareciam drená-lo ainda mais. Seria a idade? Não. Doença? Pensava que, por mais que fosse uma pessoa acomodada, tinha uma rotina saudável e se alimentava relativamente bem, então era difícil de imaginar algo assim. Não conseguiu entender o motivo do cansaço, mas foi por conta dele que começou a abusar do modo soneca com mais frequência.

Quando se levantou e olhou para o relógio, sentiu uma pontada de desespero. Teria que ir para o trabalho de ônibus. Era o dia de uma reunião importante e o atraso teria mais gravidade que em outros dias, passando dos limites do aceitável. Reuniu coragem, se aprontou e foi para o ponto de ônibus.

Já fazia tempo que não usava esse caminho, então estava particularmente aflito. Antecipava a agonia de ter que olhar para o bueiro, e resolveu que não iria olhar na direção dele de jeito nenhum. Quem sabe o que teria acontecido com aquele bueiro? Era possível que agora estivesse só um buraco na rua, com tudo o que há de pior subindo para a superfície em completo descontrole. Sentou na janela do lado oposto ao do bueiro e aguardou aflito. A hora em que teria que passar por ele se aproximava e a ansiedade aumentava. A situação estava ficando insuportável. Não aguentava mais. Apoiou a cabeça nas mãos e começou a olhar para baixo. O ônibus parou em um sinal justo ao lado do bueiro. E o tempo parecia congelado. O sinal pareceu se manter no vermelho por pelo menos 5 minutos. Cedendo à pressão, ele levanta e olha para o bueiro. Estranhamente, sente certo alívio ao olhar. Essa sensação, no entanto, dura pouco. Uma coisa estranhíssima toma parte. A tampa começa a se mover para o lado. Assombrado, o homem sente vontade de gritar, mas fica paralisado. Uma mão imunda surge na superfície e um velho completamente sujo se iça acima do asfalto.

Ele olha diretamente para o homem, que está assombrado. Estranhamente, todos parecem ignorar aquilo. O velho fica parado na rua sustentando o olhar diretamente para o homem até sair de vista.

O que foi aquilo? Qual o sentido de uma coisa dessas? Por que ninguém reagiu àquela situação? Eram muitas as perguntas e poucas respostas. Mais tarde naquele dia, na volta para casa, o homem resolveu novamente pegar o ônibus para ver o que se sucedeu. Quando chegou naquele trecho da rua, viu que o bueiro estava descoberto e a tampa jogada ao lado, no meio da rua. Os carros contornavam o buraco e a tampa e ninguém se dava ao trabalho de colocar aquilo no lugar. Não havia nem sinal do velho.

No dia seguinte, não abusou do modo soneca. Sentia-se bem e ficou em prontidão para o trabalho rapidamente. Passou pelo portão de casa rumo ao ponto de ônibus, mas estacou. O velho estava entre ele e o ponto de ônibus. Todo sujo, o olhar firme. Assim que se direcionou para o ponto de ônibus, o velho reagiu. Acompanhava os movimentos do homem. Tentou atravessar a rua para evitar aquela criatura do bueiro, mas ele não deixava nada passar. Teve a impressão que se desse bobeira, o velho iria correr na sua direção e segurá-lo. Tomado pelo medo, voltou para casa.

A falta no trabalho foi sentida. Ligaram para o homem e ele disse que estava doente. Tinha um amigo médico que forneceria o atestado. O problema é que não sabia quando que o velho iria permitir seu retorno ao trabalho.

Os dias foram se passando e sempre o velho se punha entre o caminho do homem e do trabalho. Aquela situação era aterrorizante e começou a ser evitada. Foi necessário tirar férias fora de época. Estranhamente, era só ao ir para o trabalho que existia aquela dificuldade. Quando ia para a padaria ou o mercado, por exemplo, não via nem sinal do velho. Pensando nisso, certo dia se vestiu como se fosse à padaria. A roupa do trabalho estava na mochila. Não surtiu efeito. Lá estava o velho de olho no homem, fechando qualquer caminho que pudesse levá-lo ao trabalho. Não sabendo contornar aquela situação, pediu demissão.

O homem ficou arrasado, se sentia improdutivo, sem propósito, mas pelo menos tinha dinheiro guardado. Na verdade, talvez essa situação pudesse até ser aproveitada. Retomou algumas atividades que havia há muitos anos deixado de lado na adolescência. Comprou um baixo, voltou a desenhar quadrinhos e começou a ir para a academia.

Resolveu praticar o baixo e desenhar todos os dias e até que foi melhorando. Seus amigos sempre elogiaram os quadrinhos que fazia no colégio e ele sentia que conseguia tirar um bom som do baixo. Havia praticado bastante quando era garoto, mas acabou vendendo seu antigo instrumento pouco antes de começar a trabalhar.

Passou a postar os quadrinhos na internet e a tocar com amigos da época do colégio. Chegaram até a fazer algumas apresentações como uma banda. Passou por momentos muito bons. Algo, no entanto, parecia estar faltando.

Sentiu que não iria conseguir tirar sustento daquilo. Por mais que fosse prazeroso, não via futuro naquelas atividades. Não ia conseguir dinheiro. Suas economias estavam lentamente se esgotando e o homem sentia que, de certa forma, estava perdendo tempo. Não via outra saída, precisava correr atrás de seu emprego de volta.

Por sorte, tinha uma relação tranquila com o antigo chefe. Com certeza ele ficou muito desapontado e irritado com a demissão, mas talvez houvesse alguma forma de voltar atrás. Ligou para o chefe e ficou sabendo que ainda não haviam encontrado um substituto para sua antiga vaga. Além disso, seria prático recontratá-lo, já que ele estava habituado ao serviço.

Voltou para sua rotina de antes. Era uma sensação desagradável a da retomada, mas contentou-se. Não tinha mais medo do velho. Iria pegar o caminho do ponto de ônibus todos os dias, porque era o mais prático. Olhava pela janela da condução e pensava nas experiências pelas quais havia passado. Agora, de vez em quando se reuniria com a sua banda. Por que será que tinha sentido tanto medo? Que coisa sem sentido... Agora, já não via nem sinal do velho.

CAGADA

Acordou sentindo um desconforto estranho. Sentia o estômago cheio, a garganta um pouco queimada por dentro. Lembrou que no dia anterior foi levado pelos pais a um rodízio de pizza, onde encontrou com amigos. Havia se empanturrado de comida e agora pagava a conta.

Levantou e se preparou para ir ao colégio. Gases insistiam em sair de seu corpo jovem, o que rendeu críticas da mãe na mesa do café da manhã. Só comeu uma maçã, porque seu estômago rejeitou a ideia de comer mais e foi para a escola.

Passou pela aula de matemática até que bem. Continuava sentindo o desconforto, um leve enjoo que deixou o aprendizado ainda mais chato do que o costume. Para evitar que fosse flagrado expelindo gases indesejáveis, esforçou-se para controlar seus músculos traseiros de forma a não fazer barulho. Sempre que alguém soltava um peido na sala de aula, tomava parte uma gargalhada geral e o menino, tímido, não queria esse holofote acompanhado de uma possível ridicularização.

Os tempos seguintes de aula eram de educação física, um dos momentos favoritos do menino no colégio. Além de quebrar o ritmo incômodo de ter aulas em sala uma após a outra, a educação física era prazerosa. Trocou sua roupa e sentiu que seu desconforto havia se intensificado, mas seguiu em frente, imaginando que era suportável.

Sentou no meio do ginásio em um círculo com os colegas de classe e aguardou a chamada. Nesse momento, sentiu mais uma vez a necessidade de aliviar os gases da sua barriga. Preparou-se para não fazer barulho e soltou.

Segurou de imediato. Algo a mais insistiu em sair de lá. Levantou-se e pediu ao professor para ir ao banheiro. Estava andando de um jeito engraçado, mas torcia para ninguém reparar no que estava acontecendo. Muito pior do que ser flagrado apenas soltando um pum, temia a percepção pública de sujar as calças.

Como os colegas de classe estavam focados na chamada, sentiu que conseguiu passar despercebido. O grave da situação é que não sabia por quanto tempo poderia segurar a vontade, então começou a apertar o passo para ir ao banheiro, andando rápido. Enquanto se movia, era necessário segurar sua vontade, o que resultou em um andar completamente ridículo. Agora já não se importava muito com as aparências, a prioridade era evitar um estrago maior.

Passou por um colega no bebedouro logo antes do banheiro e cumprimentou ele que, por um milagre, não reparou na situação constrangedora. Dentro do banheiro, correu para uma cabine e sentou. Na mesma hora, conseguiu se aliviar um pouco, mas o enjoo agora estava em sua etapa mais desagradável. Percebeu que o cadeado da cabine estava quebrado, mas paciência. A situação exigiu que ele escolhesse qualquer uma o mais rápido possível.

Parecia que seu corpo tinha alguma coisa de podre e sua barriga insistia com cerimônia para expelir aquilo. Não adiantava fazer força. Foi obrigado pelo seu estômago a ficar ali sentado por um longo tempo.

O aperto no abdômen não passava de forma alguma, o mal-estar do enjoo parecia ser eterno. Suava frio. Durante o período em que ficou no banheiro, a única distração que tinha era escutar os sons do que se passava fora da cabine. Vira e mexe algum jovem entrava, se aliviava e voltava para a aula. Invejava-os. A barriga estava fazendo com que ele perdesse sua aula favorita.

Foi depois de algumas pessoas entrarem e se retirarem que entrou no banheiro um jovem de alguma turma superior. Quando se está no colégio, os mais velhos parecem inalcançáveis. O menino estava acostumado a olhar para eles com admiração, respeito e um certo medo. Ao entrar no banheiro, o jovem percebeu o cheiro e gritou: "Cara, tem alguém cagando!". O sangue do menino gelou. Pela voz, ele reconhecia aquele jovem, e ele era conhecido por zoar todos com terrível frequência. O menino olhou para o cadeado quebrado de sua cabine e começou a entrar em pânico.

O jovem, despertado por grande furor investigativo, decidiu que iria descobrir quem é que estava passando por aqueles bocados. Começou a gritar "Cagão!", " Cagão!" e a chutar as portas das cabines. O desespero tomou conta do menino. Se ele fosse descoberto e a notícia se espalhasse, como iria fazer? Talvez a única coisa que restasse seria trocar de escola, e não queria passar por isso. Esse tipo de momento é muito perigoso. Apelidos são coisas brutalmente unilaterais e arbitrárias e se ele fosse descoberto naquele momento, poderia ser reconhecido até o fim dos tempos como "O Cagão" ou algumas variações.

Desesperado, debruçou-se para frente, jogando o peso do corpo de modo a barrar a porta da cabine. Seria doloroso se o jovem chutasse ali, mas avaliou que era sua única opção. Torcia para que ele chutasse e pensasse que a porta estava trancada, mas mesmo assim, sentia que estava tudo perdido. Ao achar qual era a cabine ocupada, ele poderia simplesmente ficar esperando no banheiro enquanto ria alto para ver quem seria o infeliz que iria sair de lá.

A cada instante, o barulho das cabines sendo chutadas se aproximava, assim como os gritos "Cagão! Cagão!", e o pânico também ia crescendo. Quando o jovem estava a cerca de dois metros de distância, o menino começou a fazer mais força na porta da cabine e começou a rezar. Logo depois de um chute na cabine ao lado, ele escutou uma voz diferente: "Qual é, cara, pra que isso?!" seguiu-se uma risada, e o jovem saiu do banheiro.

O menino demorou a perceber o que havia acabado de acontecer. Quando se deu conta, relaxou e começou a rir convulsiva e silenciosamente dentro de sua cabine. Não acreditava na sua sorte. Por uma santa coincidência, havia outra pessoa prestando suas contas ali, naquele banheiro, que acabou salvando a sua pele. Respirou aliviado. Agora, já nem se lembrava mais do enjoo e começava a se sentir tranquilo para sair. No caminho para fora, lavou sua cueca com água e sabão e só um pensamento se destacava na sua cabeça: "Que cagada...".

COMPANHIA

Ao chegar em casa depois de um dia cheio, depara-se com algo definitivamente desagradável. Assim que vai abrir a porta do elevador, encontra-se diante de uma enorme barata, justo no puxador. Larga de imediato. Como deveria se suceder? Permanece parado por uns instantes em plena madrugada pensando no que deveria fazer. Se tirasse o chinelo para bater no bicho, o próprio puxador da porta ficaria completamente nojento. Não pretendia fazer aquilo nem com os funcionários da limpeza do prédio, nem com moradores que viessem a utilizar o elevador posteriormente.

Depois de avaliar por alguns instantes, calcula mais ou menos qual seria o lugar mais distante possível do inseto em que poderia pegar para evitar qualquer incidente desagradável. Aproxima-se um pouco da barata para ver se ela reage de alguma maneira inesperada. Nada. Parece que está tudo bem. Estica então dois dedos para pegar o puxador da porta bem pela parte de baixo, já que a enorme barata estava mais para cima. Dá um pequeno impulso na porta na sua direção e aproveita para entrar no elevador nessa pequena janela de tempo. Graças a Deus a barata não esbanjou qualquer reação. Enquanto a porta está se fechando, no entanto, o bicho começa a se debater e cai no chão fazendo barulho. A barata começa a se mover freneticamente e entra no elevador junto ao homem, que fica completamente alarmado.

São bichos malditos, essas baratas! Elas parecem sentir o cheiro do medo. Vão sempre imediatamente na direção daqueles que mais se incomodam com elas. Não era o caso daquele morador. Sempre dizia não ter medo das criaturas. Muito pelo contrário, sentia nojo. Sempre se incomodou deveras com os amigos que caçoavam dele. Insistia na importantíssima correção: não sentia medo, apenas muito nojo daquele ser. Na mesma medida, não era covardia o que o impedia de tentar matar a barata, mas dó daquela forma de vida. Matar o inseto seria sua última opção. Não porque queria fugir, mas porque sentia pena do terrível e asqueroso bichinho.

Armou-se de seu calçado. Ficou em posição de alerta, preparado para dar uma chinelada em autodefesa. A barata, por sua vez, pareceu entender de imediato a partilha territorial daquela cabine de elevador, o que tranquilizou o homem. Talvez, nenhuma medida drástica precisasse ser tomada. Era como se a cabine do elevador fosse cortada nas diagonais. Um lado era do homem, o outro da barata. Os dois poderiam se movimentar em qualquer direção, desde que se mantivessem opostos um ao outro. Quando a barata se movia para alguma direção, o homem reagia de acordo, respeitando a importantíssima lei de oposição recém firmada entre as partes. Ficaram nessa dança durante o longuíssimo percurso de quatro andares, até que o homem chegou no seu próprio e, por sorte, sua parcela do território era a que continha a porta do elevador. Do contrário, talvez precisasse tomar medidas mais drásticas, ou quem sabe esperar um pouco para ela sair do caminho.

Portanto, assim que a porta se abriu, apertou o botão do térreo no elevador e rapidamente saiu, fechando a porta atrás de si. Não queria que a barata, por acaso, o perseguisse para dentro de casa. Foi até a entrada de seu apartamento olhando para trás, para ver se porventura a barata aprontaria de persegui-lo. Contentou-se. Ainda bem que não precisou matá-la.

O LADRÃO DE MEMÓRIAS

Naquele final de semana, a família se reuniu e todos resolveram ir à praça. O menino andava de bicicleta e, volta e meia, era alertado a andar mais devagar. Seus pais e sua avó o acompanhavam a pé e seria um problema se ele se distanciasse demais. O tempo não era dos melhores. Nuvens insistiam em se colocar na frente do Sol, no que parecia mera implicância. Não iria chover. Elas só se colocavam no caminho daquele que poderia ser um dia lindo.

Enquanto caminhavam, um homem de passos silenciosos e mãos leves se aproximou daquela família. Era difícil sequer perceber a existência dele. Aproximou-se e rapidamente furtou uma memória. Temeroso de ser percebido, sentiu-se obrigado a pegar uma que fosse um tanto superficial e sem importância. As mais significantes demandariam que se aproximasse mais e assumisse riscos maiores. Contentou-se com o pouco que conseguiu e pensou em retornar mais tarde.

Pouco tempo depois, a família resolveu ir embora. Naturalmente, foram em direção ao carro. A avó da criança, no entanto, pareceu confusa. Como haviam chegado ali?

Ela não lembrava. No caminho para casa, a criança perguntou aos pais se por acaso eles conheciam o homem que se aproximou da vovó. Responderam que não viram ninguém. Também não deveriam se preocupar, afinal, crianças possuem imaginação fértil. A estranha presença, por sua vez, ficava à espreita. Seguiu o carro da família até em casa e agora sabia onde ela morava.

O tempo foi passando e a família manteve o costume de se reunir nos finais de semana, levando o menino para ver sua avó. Dona Berlinda, antes muito ativa, agora parecia ficar mais em casa. Temia sentir-se confusa sozinha. Seu filho, a princípio, estranhou a mudança. Mas com o passar do tempo, habituou-se ao novo comportamento. Acreditava ser algo típico da idade, que se tornava cada vez mais avançada.

A família agora, por insistência da senhora, sempre iria para a casa de Berlinda. Não frequentava mais a praça ou qualquer local público. Aos olhos de todos, tudo parecia estar na maior normalidade. O único que parecia perceber que na casa morava mais uma pessoa era a criança.

O ladrão que colecionava lembranças dividia o mesmo teto. Era discretíssimo e mantinha eficiente disfarce. Não roubava nada que fosse evidenciar sua presença. Planejava manter-se indetectado pelo maior tempo possível, para fartar-se o máximo que pudesse.

A senhora foi se esquecendo de pequenas coisas. A localização de roupas, utensílios domésticos, chaves... E as pessoas à sua volta tomavam aquilo com naturalidade. Por vezes, era até engraçado. Não havia de ser mais do que ação do tempo.

Em determinado momento, no entanto, o ladrão resolveu tomar um risco maior. Enquanto não havia ninguém além da senhora em casa, tomou dela uma receita conhecida há anos. De uma hora para outra não sabia mais como fazer omeletes. Berlinda, que precisava jantar, ficou aflita e ligou para a esposa de seu filho. Apesar da explicação, logo em seguida também perdeu de vista o que tinha sido falado. Enfim contentou-se com ovos cozidos.

A situação fez com que a família se reunisse. O homem, a mulher e a criança discutiram naquela noite o que poderia ter acontecido. Nesse momento, o menino disse acreditar que mais uma pessoa morava na casa da vó Berlinda. Dessa vez os pais se atentaram.

Foram passar alguns dias na casa dela, que era bem espaçosa. Nesse período, o ladrão se sentiu ameaçado. Evitou fazer quaisquer avanços.

Porém, ao longo dos dias, iam se tornando perceptíveis os sinais daquela presença.

Atiçado pela vontade irresistível de tomar mais uma preciosa lembrança, o ladrão resolveu entrar em ação mesmo que isso botasse em risco seu disfarce. E foi flagrado. Sua ação não foi silenciosa o bastante e suas mãos foram descuidadas. Furioso, o filho de Berlinda investiu contra ele com violência. Assustado, o criminoso fugiu covardemente pelas sombras.

O ódio do filho frustrado lentamente verteu-se em lágrimas. Era real. Aquela figura insaciável estava se apropriando de todos os eventos e fatos que compunham sua mãe, tornando-a Berlinda. Era como se a estivesse desmontando, pouco a pouco. Uma situação impensável que parecia ser impossível de digerir.

O homem resolveu passar o máximo de tempo que pudesse ao lado de sua mãe, afugentando o bandido mau caráter. O filho e a esposa retornaram para suas casas, mas ele permanecia alerta. Todas as vezes que o ladrão se aproximava, ele estava de prontidão, oferecendo combate. Conseguiu impedir por diversas vezes as investidas. Atrasou o máximo que pôde aquele processo que parecia, cada vez mais, inevitável.

Por diversas vezes, o ladrão apanhava, mas conseguia pegar alguma memória. Por mais que lutasse, o homem nunca poderia conter todas as tentativas daquela figura misteriosa. Desolado, percebeu que aquela situação não poderia se sustentar. Caso continuasse naquele ritmo, ele mesmo começaria a se consumir. Precisava trabalhar para sustentar sua casa e também precisava viver com sua família. Apesar da dor, enfim chegou a termos. Faria o máximo que pudesse, mas sem se colocar em condições que não pudesse suportar.

Contratou pessoas para acompanharem sua mãe, protegendo-a daquele ser cruel. Foi capaz de atrasar bastante o processo, contudo, o ladrão se tornava cada vez mais poderoso e difícil de segurar. Logo ele estava pegando para si músicas, pessoas e nomes gravados profundamente no ser daquela senhora.

O homem sofria intensamente, o que foi percebido em casa. Desabafava com seu filho, melancólico. Em meio a tanto sofrimento, sentia que todos não passavam de depósitos de memórias. Perdê-las parecia como se fosse perder a si próprio. A mera ideia de que isso fosse concebível era ridiculamente cruel e avassaladora. Chegava à conclusão de que era preciso viver intensamente tudo o que se pudesse. Colecionar experiências e fazer delas memórias inigualáveis. Talvez, eventualmente, tudo poderia ser roubado, mas o que fazer? Não dá para se debater contra o inevitável.

A criança, acuada pelo clima pesado, ficou com os olhos marejados e se sentiu incapaz de responder, mesmo que algo parecesse errado.

A mulher, que também ouvia, juntou-se à reflexão: Dizia ser verdade que é preciso viver intensamente, mas não concordava completamente com o que havia sido falado. Acreditava que nem tudo havia sido roubado. Algumas memórias que ela tinha se foram, o que era trágico. Haveriam outros tipos de memória, no entanto. São elas as que estão gravadas em todos que a cercaram. Elas são muito mais difíceis de roubar, já que estão gravadas neles e em todos os outros que tiveram contato com ela. Seus traços, seus gestos, suas atitudes e seus pensamentos. Nunca que um único ser miserável como aquele ladrão poderia apagar aquilo tudo. Não era preciso experienciar a vida como nunca apenas por incapacidade diante do roubo cruel. Isso é preciso porque ter contato uns com os outros é luz e essas criaturas são típicas das sombras. Berlinda pode se esquecer até de seu próprio nome, mas eles nunca se esqueceriam dele ou de tudo o que ela fez e representa para todos.

Aquelas palavras ressoaram no homem e fizeram com que ele fosse capaz de assimilar a situação com um pouco mais de conforto do que antes. De fato, a presença de Berlinda em cada um dos que interagiram com ela era impossível de ser apagada por completo. Mesmo que essas pessoas se fossem, a marca deixada por Berlinda seria passada adiante com as gerações. Mesmo que de forma sutil ou subconsciente. O mundo não poderia ser o mesmo sem que ela tivesse existido.

Com o passar do tempo, esqueceu-se de falar, de andar e passou seus últimos dias acamada.

E o dia em que morreu foi vivido pela família intensamente, assim como todos os outros que se sucederam. Algo para se guardar na memória.

O CONFRONTO

No chão, se espalhavam papel crepom, linha e varas de bambu. Dessa vez, era especial. Poderia fazer uma pipa mais elaborada, colorida, enfeitada. Todos esses detalhes conferiam personalidade ao projeto, aumentando seu valor. Na mesma medida, no entanto, provocavam certa ansiedade no menino. Uma pipa que se destaca também é mais visada, e corre mais risco de ser sequestrada em pleno voo.

Caso perdesse essa, ficaria extremamente frustrado. O que o deixava confiante era a arrogância de um verdadeiro veterano nas batalhas de pipas. Em seu quarto, possuía carcaças de diversos adversários derrotados. Variadas partes que muitas vezes eram unidas a outras para gerar pipas inteiramente novas. Espólios de guerra.

Esmerou-se, portanto, na confecção dessa nova pipa. Não era nenhum Frankenstein. De aniversário, recebera matéria-prima novinha. Por conta disso, não teria nada de improvisação, nada de jornal. Sairia uma pipa fresquinha daquelas mãos calejadas de cortes de cerol e remendadas com band-aids.

O produto final ficou belíssimo. Era uma pipa verde escura, para que fosse facilmente reconhecida no céu azul. Não possuía nada de muito especial. Nenhuma estampa exagerada ou tamanho ou formato fora do comum. Era bela na sua simplicidade. Anos de experiência lidando com pipas de todos os tamanhos e características estavam por trás daquele formato ordinário, mas ideal. A única característica que podia-se dizer ser um pouco vaidosa, eram as fitas coloridas que foram colocadas ao longo da linha.

Hoje mesmo colocaria ela para voar. Era o tempo perfeito. Num sábado de sol, o vento uivava e nenhuma nuvem podia ser vista no céu. Na comunidade em que vivia, existia uma espécie de acordo tácito sobre o melhor horário para empinar. Por volta das 2 horas da tarde era o momento em que o céu ficava repleto de células e fitas coloridas.

O cenário estava montado. Inúmeras pipas de variadas cores e tamanhos. Olhos desabituados não veriam nada de especial naquela configuração, mas o olhar veterano e experiente poderia capturar detalhes de enorme relevância.

O centro do aglomerado de pipas era o local em que tomava parte a maior selvageria. Todos os que estavam preparados para o pior, mas se aventuravam a tentar capturar pipas de adversários. Normalmente, aquela era a zona que ficava repleta de pipas menos valiosas, feitas com papéis de jornal e materiais mais vagabundos. O que importava mais era o cerol e a habilidade de quem as controlava. Na periferia do conjunto de pipas, ficavam normalmente os mais covardes e os que tinham mais a perder. Eles queriam tomar parte do evento, mas tinham muito receio de perder suas unidades. Era nessa região que costumeiramente ficavam as pipas mais belas, mais vaidosas e mais fúteis. Diante do mais imediato perigo, recuavam, fugiam e eram rapidamente recolhidas às mãos dos donos.

O menino entrou na festa um pouco atrasado. Já eram por volta de 2:15 da tarde e a lotação de pipas estava em sua fase de pico. Resolveu empinar, a princípio, entre a parte periférica e o centro agitado. Colocou a sua criação contra o vento e, sem muita dificuldade, em um movimento suave, ela foi se erguendo para se juntar ao espetáculo.

Seus movimentos eram precisos, quase que coreografados. Não fazia gestos desnecessários. Só se preocupava em balançar os braços mais amplamente, fazendo uma apresentação mais esmerada, quando tinha público. Quando seu irmãozinho ou sua mãe, por exemplo, o observavam. Naquele momento, no entanto, estava só. Era só ele no quintal de casa fazendo parte daquele evento que era o mais importante da semana: As duas horas de sábado.

Quando sua pipa subiu aos céus, ela não obteve muito destaque. Poucos poderiam perceber todo o valor que estava naquele objeto. O formato ideal, a cor cuidadosamente escolhida e as vaidosas fitas. Confiava em sua habilidade, mas não queria correr o risco de perder o que fizera com tanto cuidado. Estava, portanto, na zona mais periférica e se aventurava eventualmente próximo do centro para tentar sequestrar alguém.

Após 20 minutos de ação, conseguira trazer duas pipas de média ou baixa qualidade para si, arrebentando suas linhas e rebocando-as com categoria. Havia sido um dia muito proveitoso e já estava satisfeito, mas foi tudo muito rápido. Queria desfrutar um pouco mais dos melhores momentos da semana, então resolveu empinar por mais algum tempo.

Agora já não se preocupava em capturar ninguém, apenas desfrutava daquele ambiente, com seus movimentos e suas manobras.

Depois de alguns instantes, percebeu certa agitação. Uma pipa de jornal se destacava. Ela saía do centro e lentamente se aproximava de sua criação verde. Tinha a impressão de que aquela pipa de jornal já tinha sequestrado quatro outras. Aquilo poderia surpreender muitos, mas o menino encarava como algo normal. Caso ficasse no centro, não seria muito difícil de fazer o mesmo. Acontece que o risco de ser capturado era razoavelmente alto e não valia a pena corrê-lo naquela situação.

O oponente, por sua vez, deveria ser experiente. O formato das duas era semelhante e o cerol dele parecia ser muito eficiente. Para perceber o valor da verdinha, seus olhos eram treinados.

Resolveu aceitar o desafio e brincar um pouco com o oponente. Ficaria na defensiva, pois suspeitava que o adversário poderia ser bom, mas estava tranquilo no geral. Conhecia muito bem os padrões do vento e toda a sorte de manobras, de modo que era quase impossível ser capturado. Inúmeras vezes se colocou em situações de risco, mas tinha plena noção de que poderia se safar com tranquilidade e esbanjava todo o seu repertório de truques. Todas as pipas ao redor foram se afastando, deixando o palco para aquela disputa dos mais experientes.

A cada manobra inesperada, os mais afastados agitavam suas linhas, e era como se todos vibrassem com o espetáculo. O menino se empolgava com aquilo, e foi prolongando o show, alimentando seu ego.

Em determinado momento, no entanto, o oponente correu um risco inesperado. Vislumbrando uma oportunidade, mergulhou em incrível velocidade com sua pipa de jornal, apostando que o golpe momentâneo de vento fosse se sustentar o suficiente para que a manobra pudesse ser revertida. Do contrário, a pipa se espatifaria no chão. Chocado com a mudança repentina no ritmo do embate, o menino tentou desviar da investida, mas não deu tempo. Por fim, pôs-se a puxar seu fio para ver se poderia reaver sua criação, mas o que chegou foi um ponta solta. Enfureceu-se. Como aquele oponente teria feito uma aposta dessas? Que irresponsabilidade! Eram raras as ocasiões em que o vento se sustentava tanto daquela forma. Para se defender, teria que mergulhar também no mesmo sentido, mas não correria aquele risco de danificar sua belíssima criação. Foi obrigado a assistir a verdinha indo embora aos poucos, levada pelo adversário inconsequente.

No fundo, porém, sabia que aquilo tudo fora calculado. O oponente estava apenas com uma pipa de jornal, valia a pena assumir aquele risco. O dono da verdinha era, de longe, o que tinha mais a perder. Acabou se descuidando no show que estava promovendo diante de todos e a arrogância lhe custou caro. O oponente também era um veterano, disso não havia dúvida. A derrota fora gravada de forma dura no menino, que lembraria dessa humilhação até o momento em que pudesse dar o troco.

Depois do final de semana, os dias na escola foram difíceis. Ele era do tipo mais solitário. Tinha apenas um amigo que lhe era muito caro, mas, de ambos, frequentemente os outros tiravam sarro, até o dia em que descobriram da habilidade do menino com a pipa. Sua habilidade nesse ofício foi o que libertou tanto ele quanto seu amigo das zoações do dia a dia. A capacidade de arrebentar a linha de qualquer um dos que estavam em sua sala o conferia certa autoridade.

Acontece que todos sabiam de onde ele empinava, e observavam seu quintal todo sábado por volta das duas horas. Perceberam o que se sucedeu e, apesar de terem vibrado com suas manobras naquele fatídico dia, vibraram ainda mais quando ele foi atacado pela estocada improvável e teve sua criação tirada de si.

A humilhação doía-lhe muito. Toda vez que faziam menção ao fato de que perdera sua pipa verde, sentia uma pontada na alma. Chegou a chorar alguns dias ao chegar em casa.

Ansiava pelo dia em que poderia dar sua resposta.

No decorrer da semana, reuniu as duas pipas que capturou no fatídico dia e produziu uma guerreira pronta para a vingança. Teria um embate franco com aquele mesmo oponente e, com sorte, talvez pudesse reaver o que fora perdido.

No sábado seguinte, faltando 10 minutos para as duas horas, já estava sentado em sua cadeira no quintal. A vingadora no colo. Era uma pipa completamente preta com fitas da mesma cor. Começou a empinar às 2 horas em ponto. Estava aguardando o momento exato enquanto olhava para o relógio. Elevou-a em um movimento rápido. Quando ela estava no céu, pôs-se a fazer movimentos como se estivesse reconhecendo os arredores, em busca do oponente.

Não tinha interesse em atacar ninguém. Apenas respondia às ofensivas alheias. Arrebentava as linhas de quem se aventurasse a desrespeitá-lo e nem se preocupava em sequestrar suas pipas. Deixava-as caírem no chão. O vento decidiria seus destinos. Por conta disso, crianças corriam pelas ruas para recuperarem suas pipas ou para roubarem as de outros e o nosso protagonista se mantinha incólume. Já havia arrebentado 5 pipas e nem se alterava. No entanto, tornava-se impaciente. Não havia sinal do grande oponente. Depois de alguns instantes, foi por volta das 2:10 da tarde que o encontrou. Ele surgiu esbanjando a maior das afrontas. Estava empinando a verdinha e havia trocado as fitas coloridas do menino por fitas brancas. A pequena modificação naquele que era um trabalho impecável traduzia uma enorme afronta. Era uma forma de demonstrar que a verdinha trocou de dono e marcar esse fato explicitamente.

O menino viu aquilo e tentou conter a fúria. Não poderia deixar que a emoção comprometesse o seu controle preciso e foi lentamente se aproximando de sua verdinha. Começou lançando investidas despretensiosas para adquirir informações, detectar manias, avaliar o adversário.

Ele se defendia bem, definitivamente tinha muitas horas de céu. Era visível a experiência por trás de suas evasivas. Dessa vez, no entanto, o cenário era oposto. O menino atacava, não tinha nada a perder. O oponente se esquivava, buscava manter seu espólio e sua conquista, afinal, tinha derrotado um dos jovens mais talentosos naquela arte. Depois de 15 minutos de disputa, o menino tinha o oponente na mão. Conseguia ler seus movimentos e se antecipar ao que ele ia fazer, mas não podia deixar isso muito claro. Caso fizesse uma investida e falhasse, seu adversário poderia apenas recolher a verdinha para suas mãos, mantendo sua conquista.

Por conta disso, fingia que caía nos dribles de seu oponente, deixava que as outras pipas se agitassem em euforia e se fazia de trouxa. Tudo aquilo ia danificando aos poucos seu orgulho, mas forçava-se a ser forte. Iria definitivamente recuperar sua criação.

Depois de momentos de atuação, mudou repentinamente de ritmo. Pôs-se a atacar freneticamente o adversário, que tomou um susto. Antecipava-se aos movimentos do oponente e conseguia ir aos poucos o encurralando. Em desespero, o oponente foi se esconder atrás de outras pipas, se utilizando de táticas sujas para conseguir se livrar da derrota iminente, mas nada parecia adiantar. O menino o cercava de maneira inteligente, esperava com paciência os terceiros se retirarem para continuar as investidas.

Em uma de suas ofensivas, conseguiu uma sequência belíssima. O adversário escondia a verdinha atrás de uma outra pipa, tentando conseguir tempo para recolhê-la. O menino, percebendo isso, ameaçou um ataque por cima. O adversário mordeu a isca e fugiu para baixo. Prevendo essa reação, o menino aproveitou o embalo de seu ataque, o prolongou com um mergulho e, confiando na sustentação do vento, fez um movimento rápido com as mãos para fazer um novo ataque de baixo para cima. Foi fatal. Cortou a linha da verdinha em apenas um único movimento certeiro, e todas as outras pipas ao redor vibraram.

Agora, no entanto, tomava parte o momento mais delicado. Precisava trazer para si a verdinha com todo cuidado.

Apesar da pressão, foi auxiliado pelas incontáveis vezes em que havia realizado aquele processo. Trouxe-a aos poucos para suas mãos e arrancou as fitas brancas no ato. Admirou a pipa por um breve momento. Pensava em emoldurá-la, torná-la especial de alguma forma. Talvez só fosse empiná-la em ocasiões especiais. Alguns poderiam achar que aquilo era medo de perdê-la mais uma vez, mas que acreditassem no que quisessem. Aquela era apenas uma forma de demonstrar o respeito que teve por todo aquele evento. Uma batalha digna de ser lembrada.

MEU FILHO É UM COÇADOR DE COSTAS

Meu filho é um coçador de costas. Desprovido de juízo e de ouvidos, a única coisa que ele sabe fazer é coçar, coçar e coçar. Um completo vagabundo. De todas as atribuições que os filhos têm, foi justo essa a que mais pegou nele. Fazer o quê. Diversas vezes eu tentei avisar, orientar, ajudar, mas ele não me escuta.

Chega a ser estranho. Ele até que tem certos talentos, mas não vinga. Aprimorou-se na arte de coçar. E sabe de uma coisa? Até que é bom. Sempre que eu estiver incomodado, sei que vou poder usá-lo. Ele vai estar ali para que eu possa me coçar.

Isso me contenta. Não chega a me deixar feliz, mas me contenta. Inclusive, enquanto ele tá ali me coçando, lembro--o de que é preciso muito mais. Talvez ele devesse ser também outras coisas além daquele coçador. Um descanso para os pés, um aparelho de massagem... Faço questão de deixar isso claro para ele, para ele saber que pode fazer muito mais. Coçar costas, na verdade, é muito pouco. E nessas horas, ele fica meio constrangido, meio culpado, e isso me faz bem. Ele tem mais é que se sentir assim mesmo.

Eu sempre fiz muito. Inclusive, cocei bastante as costas do meu próprio pai. Quando eu era novo, me debruçava sobre as costas dele para coçar. Acho que foi isso que me deixou com essas dores que sinto até hoje, e é com elas que o meu filho tem o dever de me ajudar.

Nada mais natural do que ele fazer o que faz. Em seus devaneios, existem momentos em que ele sonha em fazer outras coisas. Já quis ser astronauta, já quis ser jogador de futebol, já quis ser contador, já quis ser professor. Nada que valesse a pena. Eu sei o que é melhor pra ele, mas é ele que insiste em não escutar, em não ver. Ninguém merece.

Existiram momentos em que ele quase conseguiu, mas graças a Deus eu fui capaz de dissuadi-lo. No momento em que ele estava prestes a conquistar a posição com que sonhava, o fisguei no ato. Ele ficou na minha mão. Serve-lhe melhor coçar as minhas costas.

TIMIDEZ

Levantou-se da cama, olhou para a janela e viu um dia lindo. Calçou os chinelos e foi para a cozinha tomar seu café da manhã. Lá se juntou ao pai e à mãe. Conversaram um pouco e logo voltaram-se para seus afazeres. Eles eram as únicas pessoas com quem se sentia à vontade. Naquele planeta assustador e tenebroso, os pais eram os únicos indivíduos na presença dos quais ele podia ser ele mesmo, apesar de sempre sentir o peso da expectativa. Era capaz de conversar com eles encarando-os nos olhos. Respeitava e sentia-se respeitado.

Aprontou-se para ir ao colégio e desceu as escadas de casa. O momento em que colocava o pé para fora era sempre desafiador e, apesar do tempo bom, trazia consigo seu guarda-chuva. Assim que saiu pelo portão de casa, nuvens escuras tomaram o céu limpo, cortando grande parte da iluminação do dia. O ar ficou estranhamente pesado e começou a dar as caras uma chuva leve e melancólica.

Pôs-se a andar rumo ao ponto de ônibus. Temia a violência de sua cidade. O ambiente era sombrio. Na rua, ao invés de pedestres, andavam seres amedrontadores. Sentia que, caso olhasse para seus olhos, algo terrível aconteceria. Talvez virasse uma estátua ou sofresse uma morte instantânea. Por conta disso, andava sempre de cabeça baixa e nunca dirigia o olhar a qualquer uma daquelas figuras aterradoras.

Levantava os olhos apenas para ver a numeração dos ônibus que passavam. Quando chegou o que procurava, subiu e pagou sua passagem. Na hora de pegar o troco, percebeu que não recebera a quantia certa, mas o trocador era também uma daquelas criaturas. Não ousaria protestar.

Chegando no colégio, mais criaturas para todos os lados. As que trajavam uniformes, na verdade, eram ainda mais assustadoras. Possuíam presas maiores e poderiam causar muito mais estrago. Na sala de aula, procurava sempre sentar-se no fundo e no canto, para chamar o mínimo de atenção possível. Isso nem sempre era fácil, porque o ser monstruoso encarregado de lecionar cismava em fazer menção ao menino, buscando de todas as formas colocá-lo em evidência. Aquilo era extremamente desconfortável, parecia que o mundo conspirava contra ele. Como se houvesse alguma espécie de acordo entre as criaturas para incomodá-lo o máximo possível. O menino, por sua vez, era esperto. Sabia o que fazer para evitar os holofotes. Protegia a sua vida com afinco.

Só viria a interagir com uma das criaturas caso fosse estritamente necessário. Seguindo essa lógica, tornou-se uma pessoa extremamente observadora. Atentava-se aos gestos e gostos de cada um para que soubesse abordá-los da melhor forma possível no momento mais apropriado possível. Aprendeu a manipular o próprio discurso de forma refinada. Falava de modo que era impossível qualquer daqueles seres monstruosos tomar algum tipo de ofensa. Pedia desculpas mesmo que não fosse culpado, usava um tom inofensivo e assim foi sobrevivendo a um ambiente que julgava extremamente hostil e perigoso.

Quando chegou a hora do recreio, o imprevisto com a passagem se fez lembrar mais uma vez. Entrou na fila do refeitório e, quando chegou sua vez no caixa, congelou. Só ali foi perceber que, com o troco errado da passagem, não tinha dinheiro o suficiente para comprar um lanche. As criaturas ao seu redor, percebendo o que se passava, começaram a emitir ruídos que faziam lembrar risos. O menino, humilhado, fugiu daquela situação a toda velocidade.

Foi para o banco discreto onde costumava lanchar. Ele ficava longe do tumulto do intervalo e era um local de onde se podia observar bem todo o cenário. Era uma área aberta e chuviscava, mas não o suficiente para que ele tomasse alguma atitude e se retirasse de seu lugar comum.

Depois de alguns instantes, uma das criaturas se apercebeu da presença dele. Para o seu completo terror, pôde vê-la se aproximando lentamente pela distância. A princípio, podia ser que ela estivesse indo para qualquer lugar, mas com o tempo, notou que era justamente para a sua direção que se encaminhava. Quanto mais se aproximava, mais forte o coração batia e os instintos do menino urgiam para que ele fugisse. A experiência, no entanto, tinha lhe ensinado que o melhor nessas situações era ficar parado e fingir que nada estava acontecendo.

A estratégia não estava surtindo efeito. A monstruosa criatura já havia se aproximado. Sentou-se ao lado do menino. Ele, aterrorizado, sentia o coração martelar no peito e chegava a suar. Aquele poderia ser o fim. Evitava ao máximo o contato visual, mas sustentava o peso gigantesco do olhar da besta. Tentava desesperadamente pensar em algo que pudesse dizer para sair de lá, mas não chegava a nada útil. Tenso, percebeu que o monstro estava estendendo as garras na sua direção. Impotente, não conseguia fazer nada para evitar aquilo. Aceitando o destino trágico, esperando que a besta pudesse arrancar fora seu braço ou matá-lo ali mesmo, fechou os olhos com força e restringiu-se a apenas aguardar.

Nada aconteceu. Confuso, sentiu-se obrigado a olhar em volta. A criatura tinha, nas mãos, uma maçã. Murmurou algum tipo de agradecimento e pegou a fruta. Na verdade, apesar da fome, não queria comê-la. Tinha medo de conter algum tipo de veneno, sem falar que aquilo tudo era também muito constrangedor, mas sentiu-se obrigado. Mordeu a maçã e surpreendeu-se com sua doçura. Certamente, todas as dificuldades e incertezas que tivera que lidar para finalmente comer a fruta contribuíram para que ela ficasse ainda mais saborosa. Sentiu os pingos de chuva rareando até cessarem por completo, e o dia ficou um pouco melhor. Olhou novamente para as garras da besta caridosa que encerrara parte da sua fome. As unhas de um cinza pálido e de aspecto podre foram regredindo até assumir um aspecto natural. A pele foi ganhando cor até parecer, enfim, viva e humana. Não teve coragem de olhar para o rosto da criatura, mas aquela metamorfose era algo bastante reconfortante. Observando a sua volta, as outras criaturas continuavam do mesmo jeito, só que eram agora menos amedrontadoras. Se uma havia passado por aquela transformação, provavelmente todas poderiam, apesar de umas serem mais tenebrosas do que as outras. A que havia oferecido a maçã e estava ao seu lado era agora praticamente humana. Só não conseguia garantir por conta da dificuldade em fazer contato visual. Com o término do dia letivo, pegou suas coisas e voltou para casa. No dia seguinte, talvez tentasse interagir mais com aquela besta.

O ENTREGADOR

O quarto escuro estava uma bagunça. A cama desarrumada, o chão repleto de livros e revistas espalhados e a televisão emitia o único ruído que se podia ouvir. Em meio à bagunça, um homem assistia à programação de rotina. Não tinha nenhum interesse particular no programa que estava passando, mas obedecia sua rotina com rigor. Era como se escapasse de alguma coisa.

Naquele domingo melancólico, em alguns instantes começaria a escurecer. O homem estava cansado. Após alguns meses procurando emprego, havia desistido. Diferente de seu irmão, não tivera facilidade em se colocar no mundo e ganhar o suficiente para garantir sua subsistência. Pelo contrário, precisava fazer algo que detestava: pedir dinheiro emprestado. E quem o estava ajudando no sustento era esse mesmo irmão. A outra opção seria recorrer aos pais, mas isso seria com certeza o último recurso. A vergonha seria demais. Eles tinham feito de tudo para garantir a melhor educação para os dois filhos, mas ele simplesmente não vingou. Por outro lado, o caçula possuía um emprego sólido em uma empresa tradicional.

Enquanto divagava em seus pensamentos, seu telefone tocou. Era o irmão mais novo. De tempos em tempos ele ligava para receber notícias, mas principalmente para tentar motivá-lo. Cobrava atitude, reação. Dizia que não poderia sustentá-lo para sempre. Dizia que ele sempre teve tudo e não fazia sentido estar passando por aquela situação. O outro só assentia. Concordava e confirmava cada vez mais sua impotência, sua insegurança e suas falhas.

Quando desligou o telefone, foi um grande alívio. Agora poderia voltar à programação de rotina. Iria assistir televisão até as onze horas, comer qualquer coisa que estivesse à disposição e dormir. Mas aquilo foi se tornando desgostoso. Assistia aos programas, mas cada vez se interessava menos pelo que passava, e foi fazendo tudo maquinalmente. Antes mesmo de pensar em trocar de canal, seus dedos se adiantavam e pressionavam os botões do controle, procurando outra coisa para preencher a própria mente. Buscava toda a sorte de forma para ocupar a cabeça, por mais banal que fosse. Podia ser o jeito com que as leoas emboscam sua presa, ou um reality show, ou alguma propaganda de supermercado. O que não podia fazer era encarar o silêncio. Ter tempo de confrontar a realidade.

A partir de certo ponto, no entanto, a programação de rotina não conseguiu mais preencher o silêncio. Precisava de algo mais. Resolveu então fazer uma loucura. Pegou o telefone e pediu uma pizza. Com o dinheiro que gastou, poderia jantar por pelo menos quatro dias, mas estava desesperado. Alguma coisa precisava fazer. Deitou-se então na cama bagunçada, cobriu-se e aguardou.

Momentos depois, foi acordado com a campainha. Levantou com um salto. O entregador ficaria esperando por uma boa parcela de tempo, porque o homem não sabia onde estava sua carteira e também precisaria colocar uma roupa digna para receber a entrega. Ir até o portão de casa de pijama seria vergonhoso demais, e também não queria ser julgado pelo entregador. Trocou rapidamente de roupa e pôs-se a procurar a carteira. Não encontrava de jeito nenhum. Procurou, procurou, procurou e foi ficando ansioso. Quando não sabia mais onde buscar, jogou a roupa de cama para cima e a carteira caiu no colchão. Saiu apressadamente de sua residência e viu o entregador pelas costas, sentado em um banco em frente a sua casa. Além de tê-lo feito esperar, não tinha como dar gorjeta. Ele teria toda razão em estar irritado.

O entregador parecia estranhamente sereno. Cumprimentou educadamente o homem e, no momento em que entregou a pizza, disse para tomar cuidado com o fundo da caixa, porque ela estava muito quente. Sua preocupação era autêntica. O homem vasculhou os bolsos e encontrou 2 reais para dar de gorjeta pela entrega. O entregador agradeceu com um sorriso, deu boa noite e partiu. Sentou-se então no banco e pôs-se a olhar pro outro lado da rua. Ficou em silêncio. Lentamente, cobriu o rosto com as mãos e começou a soluçar. Chorou por longos minutos.

Era a primeira vez que alguém era tão gentil com ele em muito tempo. Tudo o que ouvia recentemente era cobrança, era tratado sempre como um incômodo. Ele próprio já sabia de seus problemas e se incomodava grandemente com a situação. Por conta disso, o que mais doía era ter sua autocrítica, sempre muito dura, materializada na figura de seu irmão. Caso ele, porventura, perdesse a medida em suas ligações e falasse algum absurdo ou fosse pouco razoável, o homem não se afetaria. O que tinha o efeito mais devastador era o simples sentimento de pena, perceptível por exemplo no tom de voz do caçula. Ou escutar sua própria voz naquelas falas. Nessas circunstâncias, as palavras dele se tornavam insuportavelmente razoáveis e coerentes.

Ser tratado com gentileza tão gratuita e genuína em meio a tudo isso foi algo que o desarmou. Estava acostumado aos sorrisos falsos e aos julgamentos dos outros, e foi por conta disso que os gestos autênticos de bondade do homem que trazia a pizza brilharam tanto.

Pegou então a entrega e foi para dentro de casa, se arrependendo de não ter dado mais gorjeta. A pizza estava particularmente saborosa. Depois de comer, foi para o quarto. Arrastou os livros e revistas para o canto, e arrumou sua cama. Naquela noite, teria um sono leve.

O TRANSLADO DA MESA

A efervescência da festa impregnava o céu noturno. Vozes altivas de jovens universitários se faziam ouvir por toda a vizinhança. Era um aniversário. Nele, a grande maioria dos presentes pertenciam à atlética da faculdade e exibiam um porte físico acima da média, mas, é claro, haviam exceções. Uma delas era um menino franzino que estava, por acaso, no meio daquela massa de corpos. Era amigo de longa data do aniversariante e aceitara o convite apenas para preencher uma noite solitária e entediante. Um intruso. Frequentava uma faculdade rival e isso exigia que se mantivesse abaixo dos radares. Estava tenso, mas acreditava na sua capacidade para lidar com a situação.

O começo da noite foi tranquilo. Acompanhado de seus amigos, bebia e falava besteiras à vontade. Não podia pedir por nada melhor. Por outro lado, quanto mais o tempo passava, mais se elevava a concentração de álcool nos organismos de todos, o que começou a provocar mudanças notórias no ambiente.

A primeira coisa que chamou a atenção foi quando uma garrafa de vodka quebrou dentro de um grande recipiente de bebidas. Não dava para saber exatamente como aquilo havia acontecido, restava assimilar os fatos como eles eram.

O surpreendente não foi o quebrar da garrafa, mas a solução que um dos convidados encontrou para o problema. Aquele que era um atleta de arremesso de peso colocou o braço inteiro dentro do grande balde de cinquenta litros e começou a remexer todo o conteúdo. Girava o braço, revirando todas as bebidas baratas, os blocos de gelo e, eventualmente, os cacos de vidro. Por incrível que pareça, não estava se cortando. Chocado, o intruso observava o processo enquanto aquela figura gigantesca retirava metodicamente o vidro quebrado com a mão que parecia ser de couro. Ao final, estava com apenas um corte no dedo indicador, que parecia ser profundo. Colocou o dedo na boca e o problema estava resolvido.

Com o decorrer do evento, a fome também começou a despontar. Dado o foco com a bebida, típico de uma juventude com claras prioridades, a alimentação ficou em segundo plano. Conforme o tempo foi passando, no entanto, a necessidade de se alimentar foi se tornando verdadeiramente proeminente, e foi nesse contexto que se deu o segundo caso que chocou o intruso.

Em autêntica necessidade de conseguir alguma nutrição e com o juízo inebriado pela bebida, um dos jovens se dirigiu à churrasqueira e começou a atacar as carnes. Ele estava tão distante da realidade que sequer conseguiu perceber que elas não estavam prontas. Começou a dar cabo daquelas carnes cruas que, da perspectiva de um esfomeado, pareciam tão boas quanto quaisquer outras. Logo ele foi avisado e, com ar de indiferença, parou o que estava fazendo.

O tempo passou e os amigos do intruso foram se retirando para suas casas, até que sobrou apenas um rosto conhecido além do próprio aniversariante. Era de um amigo da época do colégio em quem poderia confiar, mas caso alguma confusão viesse à tona, agora já não teria a proteção de um grupo numeroso. Mesmo assim, resolveu continuar ali. Se mantinha em um nível alcoólico seguro e gostava da ideia de presenciar todo aquele caos. Queria ver quantas insanidades mais poderia testemunhar e tinha gosto em testemunhar tudo aquilo.

Seus pensamentos foram interrompidos por um forte estrondo. O capitão do time de handebol, um verdadeiro touro, pegou uma mesa de plástico e fincou no chão com força, no meio da festa. Berrava, chamando todos para a mesa. Plantou o cotovelo ali, pronto para uma queda de braço. A princípio, ninguém queria aceitar o desafio, mas logo uma multidão foi se reunindo em volta do lugar que virou o centro de todo o evento. Em meio a provocações, naquele clima de expectativa, surgiu um desafiante. Ele parecia reconhecer que não tinha grandes chances, mas se encaminhou para a mesa com dignidade. A disputa começou. Todos gritavam, xingavam e estimulavam os participantes. O intruso entre eles. Maravilhou-se com aquela loucura e se viu urrando com todos. O embate, por sua vez, foi curto. O touro rapidamente tombou o braço do adversário e cedeu o espaço para novos combates.

A partir dali se deu uma sequência de lutas de braço que tomaram a festa. Todos ficaram envolvidos com a torcida e estavam sendo convidados a participar. O intruso vibrava muito com tudo, torcia e, discretamente, tirava sarro dos perdedores. Apesar de ser chamado constantemente, não ousava participar. Estava claramente muito abaixo do padrão físico dali. Preferia desfrutar da confortável posição de alguém que apenas observava e não tomava parte naquilo tudo. Os embates iam acontecendo e ele seguia acompanhando de perto a situação. Em determinado momento, o touro voltou a disputar e passou a dominar a mesa. Ele vencia, comemorava, debochava e aguardava o próximo desafiante. Sentia-se invencível. Olhava confiante para todos que assistiam, até avistar uma figura gigantesca que abria espaço entre a multidão. O novo desafiante segurava uma garrafa e tinha um corte recente em um dos dedos. Silencioso, sentou diante do touro e posicionou o braço. Os espectadores observavam, sentindo o pesado clima de tensão no ar.

Assim que começou a disputa, o touro foi com tudo que tinha. O rosto contorcido pelo esforço, uma veia pulsava na testa da cabeça raspada. Foi ficando vermelho conforme suas energias eram drenadas. Ele parecia estar tentando mover um pilar com aquela mão. O outro não cedia nem um centímetro. Resistiu a tudo incólume. Observava com dureza seu adversário, que dava tudo que tinha. Quando percebeu que tinha esgotado as forças do oponente, começou a vergar lentamente seu braço, com certo requinte de crueldade.

Assim que as costas da mão do touro bateram na mesa, a multidão explodiu em comemorações. Ver a derrota de alguém que estava dominando aquele espaço incendiou completamente o público. Alguns, tomados pela amargura de terem perdido para ele antes, outros apenas haviam sido contagiados pela emoção do momento. Nessa hora, o touro fez contato visual com o intruso, que comemorava efusivamente. Ao mesmo tempo, o aniversariante, embriagado, sentiu que seria engraçado revelar a identidade daquela figura que agora já estava tão enturmada.

Anunciou que um dos convidados pertencia ao curso rival, enquanto apontava o dedo para o jovem franzino. Ele empalideceu de imediato. Assustado com a revelação repentina, viu o rosto do touro passar da frustração ao ódio num piscar de olhos. Ele apoiou as duas mãos na mesa que havia sido o palco de sua derrota, levantou-se e começou a correr atrás do intruso.

Num repique de sobriedade, a presa reagiu rápido. Mal havia percebido que ele iria se levantar, já tinha começado a correr. Sentiu na pele o que era o verdadeiro pânico. Pôs-se a correr em volta daquela mesa de plástico e assim ficaram por breves instantes que pareceram uma eternidade. Sentiu que aquele era, até ali, o momento em que corria maior risco em toda sua vida. Um touro bêbado feito de puros músculos estava correndo atrás dele, e a única coisa que os separavam era uma mesa de plástico que poderia ser varada pelos ares com incrível facilidade. Bastava que ele fosse pego em um mata-leão desmedido pela bebida e tudo poderia acabar naquele mesmo instante. Sabia da força daquele homem e, até chegar o momento em que os outros viessem a separá-los, já poderia ser tarde demais. Curioso isso. Tudo poderia acabar ali, na frente de todos. Sentiu como se o tempo corresse em câmera lenta. Ria para disfarçar para os estranhos o sincero desespero que sentia. Enquanto corria, sua mente visitou lugares adversos. Pensou na ironia que era a humanidade ter evoluído tanto, superado tantas barreiras naturais, para ele possivelmente desfalecer ali sendo sufocado por um antebraço maciço por causa de uma disputa besta entre duas faculdades. E estava tudo fora do seu controle. Era frágil, e o máximo que poderia fazer era correr. Pensou também no absurdo que era aquela mesa entre os dois. Um chute daquele touro poderia jogá-la a dez metros de distância com facilidade. Era uma mesa de plástico ridícula, mas parecia ser uma muralha de concreto. Um obstáculo frágil que a mente embriagada tornava intransponível.

Em pânico, o jovem olhava em volta para ver se conseguiria a ajuda de alguém, mas parecia ser invisível. Não fazia sentido estar correndo tanto risco e ser completamente ignorado por todos. Passava os olhos pelos rostos das pessoas, mas elas conversavam entre si, totalmente alheias ao que se passava. Foi aí que lembrou que ainda tinha um amigo ali presente. Procurou desesperadamente por aquele rosto conhecido dentre a multidão e, enfim, o encontrou. Ele estava sentado numa mesa no canto, a cabeça encostada na parede enquanto dormia. Mais uma obra da bebida. Estava só. No final, só podia contar consigo mesmo.

Começava a ficar cansado da correria. O único motivo para ainda não ter sido pego deveria ser o estado deplorável em que aquele atleta se encontrava depois de tantas lutas de braço e de tanto álcool. Não sabia mais o que poderia fazer ou a quem poderia recorrer. Só podia continuar fugindo.

Eventualmente, depois de muita correria, alguém chamou a atenção do touro e começou a conversar com ele. Parecendo esquecer completamente o que estava fazendo, ele mudou bruscamente o foco de sua atenção. Não perseguia mais o intruso que, enfim, pôde descansar. Embora estivesse finalmente aliviado, foi subitamente tomado pela irritação. Havia se sentido tão vulnerável... E, além disso, o motivo que o fez se livrar daquela situação foi tão acidental que começou a sentir raiva do mundo. Transitar entre o risco e a segurança de maneira tão arbitrária naquele caos parecia injusto e absurdo, mas, enfim, era o caos que buscava desde o princípio.

Depois de tudo, surge o amigo de infância se desculpando por não ter ajudado. Havia acordado no meio da confusão. Irritado, mas não vendo uso em criar caso, o jovem desculpou o amigo. Continuaram aproveitando a noite que viria a ser mencionada muitas vezes mais dali pra frente.

Tudo pareceu ficar em um clima mais tranquilo depois daquilo. Todos conversavam naturalmente e, apesar de evitar o touro a princípio, logo o intruso fez amizade até mesmo com ele. Sentiu como se estivesse domando uma besta. Beberam, comeram, conversaram, e foram para casa ao amanhecer.

ÁGUAS DE MARÇO

Contar histórias é um dos exercícios essenciais a qualquer organismo coletivo. Diz-se que os caminhos da memória são como caudas d'água em períodos de seca. Vê-se os rastros que deixaram e a influência que causaram, mas a magia do fenômeno é a época das chuvas. Sempre que são nomeados esses contos antigos, vem a enxurrada que torna a desgastar os mesmos percursos de terra antes visitados. Sempre com águas diferentes, no entanto. Pode-se dizer que os caminhos da terra sempre passam por mudanças, mesmo que sutis. A cada renovação, a cada rememorar, o rio se transforma. A mercê da vontade do contador, sua direção e sua intensidade podem ser deslocadas. O que não passava de um riacho agradável ao banho, com uma pitada de má fé do narrador, pode facilmente tornar-se uma torrente de proporções desastrosas.

Diferente do cozinheiro que, não dispondo de todos os ingredientes necessários a uma receita, improvisa, visando a coerência e a harmonia dos sabores, o contador mal-intencionado vai trocar os ingredientes por livre e espontânea vontade, o que lhe confere grande poder. Por um lado, pode tornar uma receita ainda mais palatável. Por outro, pode arruinar a proposta inicial. Tudo ao seu bel prazer.

E foi justo numa cozinha em que se deu aquele fatídico evento. O grupo resolvera se reunir para fazer comida japonesa, coisa que requer um planejamento um tanto quanto delicado. A situação era agravada pelo fato de se desenrolar em uma viagem de verão no interior. A comida reservada para os dias anteriores já havia se esgotado, e, como planejado, fariam comida japonesa no último dia antes do retorno. Mesmo que ninguém tivesse experiência para tal.

O primeiro desastre aconteceu muito antes do imaginado. Com o forte calor, o peixe havia estragado. Bastou abrir o freezer que o terrível odor se libertou e inundou as narinas da pobre alma que se propôs a checar a matéria-prima daquele almoço. Irritado e indisposto a lidar com o problema naquele momento, o jovem fechou a porta e foi avisar os amigos.

Era um pequeno contratempo, honestamente. Nada que não pudesse ser contornável com uma rápida visita a algum mercado bem abastecido, ou talvez com uma mudança de planos que pudesse satisfazer a todos. Acontece que algumas mentes metódicas e irredutíveis são muitíssimo suscetíveis a elevados graus de enfado, mesmo que provocados por pequenos contratempos de fácil resolução.

Um dos fatos que não convinha à situação era a composição do grupo. Eram todos jovens que, possivelmente, já não estavam se alimentando adequadamente há alguns dias, dado que estavam em uma viagem e eram encarregados de toda a logística alimentícia. O horário do almoço se aproximava e a fome ia temperando os ânimos com uma picância fatal.

Diante da notícia de que a comida estava estragada, todos ficaram chateados e desanimados, irritadiços e inconvenientes. Poucos davam sugestões para lidar com a situação, e o tempo ia passando. As propostas que surgiam eram discutidas e rediscutidas com ínfimo progresso, o que os deixava ainda mais irritados e impacientes e menos dispostos a tomar uma decisão e chegar a um acordo. Sugeriu-se que comessem em qualquer restaurante local, mas essa era uma solução tão prática quanto sem graça para aquelas pessoas que haviam criado expectativa com a ideia de vivenciar algo diferente.

Depois de muito debate, chegaram à conclusão de que parte do grupo iria ao mercado para fazer as compras, insistindo na proposta inicial. Primeiro, foram ao mais próximo de casa, o que não satisfez suas necessidades. Era um mercado pequeno que não dispunha do que precisavam. Foram então a outro que também era próximo, mas sem sucesso. A partir dali, com senso de urgência, foi decidido que comeriam em um restaurante qualquer se não conseguissem na próxima tentativa. Partiram, então, para o último local da lista e foi lá que encontraram, quase que a contragosto, tudo o que era necessário para preparar a comida.

Ao chegar em casa, foram recebidos com indignação. Haviam demorado demais e todos estavam irritados e esfomeados. Escapava a eles que ainda mais revoltados estariam os que foram ao mercado, por terem enfrentado filas e se desgastado no sol escaldante para conseguir os tão aguardados ingredientes.

Após bate boca e uma breve troca de xingamentos. As coisas se acalmaram e foram se acomodando. As pessoas que haviam aguardado em casa seriam responsáveis por fazer a comida. Mesmo em meio a uma desorganização caótica, havia progresso. Por outro lado, eram constantemente apressados pelo grupo que havia feito as compras. Foi em meio a esse caos que, em determinado momento, um dos jovens entrou na cozinha protestando por conta da demora.

Foi recebido pelos olhos furiosos de uma alma cansada e muito além do limite com aquilo tudo. Com o estômago atiçado por horas em jejum e a cabeça desgastada com tudo o que estava acontecendo, ele puxou a faca e apontou para a direção do amigo que reclamava.

Naquele instante, todos que estavam na cozinha congelaram em silêncio e observaram assustados o que se passava.

Pura e honesta fúria transparecia daquele olhar irado, no que pareceu durar longuíssimos centésimos de segundo. A tensão se sustentou no ar com força, até o momento em que o ofendido, num rompante, desatou a rir.

"Hahahaha, você devia ter visto a sua cara!". Disse, sugerindo que tudo havia sido uma grande brincadeira. Todos começaram a rir também, numa tentativa de dispersar toda a ansiedade gerada por aqueles instantes. Incluindo o ofensor. Ele, no entanto, tomou distância da faca e rapidamente se retirou da cozinha.

Quando tudo estava pronto, puseram-se a comer e o restante da viagem fluiu com leveza. A comida não estava boa, mas também não estava ruim. Os ânimos foram aplacados pela nutrição e, em instantes, começaram a surgir gracejos que seriam inimagináveis algumas horas antes. Satisfeitos, retornaram de viagem quando a saudade de casa já começava a despontar.

Tempos depois, o estresse do último dia viria a se converter em uma boa história, que seria contada e recontada múltiplas vezes. Sempre surgia algum desvio do que foi a realidade dos fatos, coisa natural que provinha das diferentes perspectivas e da falibilidade da memória. O fluxo dos acontecimentos era levemente alterado a cada rememorar, mas sempre despertava risos e nostalgia. Tal é a natureza dos perrengues. Em seu momento presente, atormentam e produzem dificuldades, mas quando situam-se no passado, é como se envelhecessem em barris de carvalho. A história vai ficando cada vez melhor e passa a ser elemento identitário de um grupo, unindo-o ainda mais. Essas, que são águas passadas, insistem em se fazer presentes. E assim eternizava-se a viagem.

Se até aqui se restringissem os fatos e consequências pertinentes a essa memória, poderia-se dizer que é inofensiva. Até divertida. Acontece que, coisa típica aos grupos de jovens, aquele também era movido por muitos afetos e sentimentos volúveis.

Conheciam-se de infância os dois que centralizaram a confusão na cozinha. Passaram por várias coisas juntos. Estudaram no mesmo colégio e compartilhavam muitos gostos. Entre eles, a afeição por uma jovem.

Ela também pertencia àquele mesmo grupo de amigos, mas não pudera ir à viagem. Por conta disso, só soube da história pelos ouvidos. E quem a deixou a par dos acontecimentos foi justamente a figura que ficou na mira da faca, presenciando alguns instantes de puro terror causados por quem deveria ser um amigo querido e confiável. Chamou a moça para um bar, onde a deixaria a par de tudo que aconteceu.

É sabido que a história toda já havia sido contada de diversas maneiras em contextos variados. Ora ressaltava-se uma parte, ora ignorava-se alguns detalhes. Daquela vez, não seria diferente, e o fluxo das águas passadas se deslocaria uma vez mais.

Naquele contexto específico, incentivado pelo medo que sentiu e pela competição amorosa em que tomava parte, o jovem trouxe à tona uma torrente de pensamentos. Seu amigo havia sido irredutível, impulsivo, feroz. Disse que foi necessária a intervenção de quem estava em volta. Quatro pessoas precisaram segurá-lo até que ele enfim se acalmasse.

Assustada, a ouvinte escutou o relato ansiosamente até o final. Perguntou se havia ficado tudo bem, preocupada. Em resposta, o jovem fez que sim. Na verdade, aquilo tudo nem havia sido tão preocupante. Afirmou, com toda virilidade, que poderia ter lidado com a situação sozinho, caso precisasse.

Começou a chover e precisaram se retirar do bar para buscar abrigo. Foram para debaixo de uma marquise, onde ele confessou seus sentimentos. Ela, reagindo por impulso, beijou-o. Ficaram ali por curtos instantes até que, com o pretexto da força da água, ela se retirou sem olhar para trás. Confuso, o jovem chegou a chamá-la, mas não obteve resposta. Sentindo-se triste e rejeitado, pôs-se a vagar debaixo da chuva que, aos poucos, virava um temporal.

Com o decorrer do tempo, entre conversas e fofocas, a nova versão da história foi posta em evidência. Desentendimentos tomaram parte e uma amizade cultivada por muitos anos se viu danificada de maneira irreparável. O grupo ficou rachado.

Eram as águas de março fechando o verão.

pólen bold 90 gr/m2
tipologia garamond
impresso no verão 2023